別哭，切諾比

陳昇 / 畫·文

陳昇

英文名叫Bobby Chen，生於臺灣彰化，是天生就
很迷人的天蠍座。

資深音樂人，血液裡潛藏著流浪因子，時常一個
人背著相機出走。

寫歌，也寫小說；出唱片，也辦攝影展、畫展。
對於音樂、文字、創作、表演，都有屬於他的獨
特想法。

喜歡人家稱他「寫作的人」勝於「歌星」，也期
許自己能永遠地寫下去……

目錄 Contents

那些跟青春記憶有關的美　06
倫敦廢人區　20
不完全部落　44
老嬉皮　58

那些跟青春記憶有關的美

忘了吧　忘了吧　陽春白雪
沒有人學會躲開花兒嬌媚
兜圈圈　兜圈圈　以為看不見
那些跟青春記憶有關的美
算了吧　算了吧　燈火（闌珊）處
夜歸的旅人啊　你不要覺得孤獨
暗夜裡來的人　有自己的心事
你不要無知去跟人說再見

忘了吧　忘了吧　陽春白雪
沒有人學會躲開花兒嬌媚
兜圈圈　兜圈圈　以為看不見
那些跟青春記憶有關的美
算了吧　算了吧　燈火（闌珊）處
夜歸的旅人啊　你不要覺得孤獨
每扇窗透著光　都有自己的心事
晚風你別哭泣　美麗的小城

算了吧　算了吧　燈火（闌珊）處
夜歸的旅人啊　你不要覺得孤獨
暗夜裡來的人　有自己的心事
你不要無知去跟人說再見
算了吧　算了吧　燈火（闌珊）處
夜歸的旅人啊　你不要覺得孤獨

兜圈圈　兜圈圈　以為看不見
那些跟青春記憶有關的美
算了吧　算了吧

一下午的，那個關於吐司麵包要從中間開始挖個小洞吃的想法一直纏著我。

大概是跟青春這樣的命題有點關係的樣子，
吐司麵包在生活裡是多麼尋常的東西，
吐司麵包能夠切成幾塊怎麼一下子也猜想不起來了。

I just want a hose
with no tears.

小時候沒有烤麵包機這樣的東西，當然也沒有摩登到有了果醬奶油這樣的抹料，
我一直以為一塊正正方方的吐司麵包就等同於一塊圓圓的小鳥餅乾，
或者是一塊捲起來沾了糖粉末的麻花那樣，
是一個獨立的零食。

一個獨立的零食就產生了一種獨立的個別的吃法，
當然，跟一顆糖果應該分層次的溶解在自己的嘴巴裡那樣，
吐司麵包品嘗的時候自然有它的方向、角度跟時間，於是也就有了品嘗的環境背景，
環境背景是很重要的，就像大家都知道的，
朝酒晚茶對人就很不好。

青春記憶裡的吐司，
永遠都是在上學的路上。

吐司不常有，它也不曾在我們小時候的早餐菜單上，
像我說的那樣，吐司是一款用來鼓舞獎勵小學生的美食，我們的早餐經常是稀飯、蘿蔔乾、長年都有的絲瓜蝦米麵線湯，
我在吃這些東方粗食的時候都極為安靜小心，也會惦記著這幾天自己的表現有沒有惹媽媽不開心。

我對小小的一塊吐司麵包是如此的渴望著，
就不會太奇怪我對早餐是擺放在桌上的那些土炮食物多麼失望了。

我在電視裡見過西洋人的早餐就有吐司麵包，
我的青春幼小的心靈倒還沒有複雜到去想，為什麼我家後院園子裡盡長絲瓜蕃薯這些東西，怎麼不就索性給長出吐司麵包的原料呢？
領到吐司麵包都在出發去上學的時候，我就捧在手上先不吃，過兩座橋後會有幾個同路的鄰班同學一起走去。
我用一塊吐司麵包來造成我跟鄰居同學的某種階級差異，
幼年的我對於貧富的差異還沒學會分辨，畢竟鄉下你家我家長得差不多一個樣，
我的副班長一直覺得他家最有錢，因為他們家在庄頭開柑仔店，還有人說他家養了牛肯定比較有錢，
反正我就沒發現我們同學裡有誰是拿了吐司麵包當零食吃的。

我不太確定那是一種天真還是虛榮，
你有一塊捧在手上去上學的吐司麵包，後來你開了一輛麥拉倫去兜風。

我的吐司麵包會從中間挖一個小洞，再慢慢的向四邊吃到焦黃的框框，
估計一個小孩的天真都是有設計性的，當他開始獨自享受吐司麵包的洋味時，才算是回到了簡單的天真，
你也可以在半夜鑽進停在車庫裡的麥拉倫，聞聞它的皮味跟它聊天。
已經沒有機會去問我的爸爸怎麼會想到拿吐司麵包來當孩子的獎賞，是因爲街上僅有一家麵包店，讓他覺得時髦？
都算是跟青春記憶有關的美，好像我老覺得父親跟鄉裡唯一的女外省小兒科醫師有曖昧那樣，
女醫師就是一個標誌，是文明前衛知性那樣，人家哪會將我土氣的父親放在眼裡，
女醫師給的那些關注、輕柔的口氣、盈盈的眼神，是人家本來就是要給我這個鼻涕鬼小病號的。

吐司麵包跟女醫師跟麥拉倫在生命裡毫無關係，卻能連結，
生命記憶有關的美都是可以連結的，

吐司麵包一般在第三堂課時就剩一個框框了。

At times I'd
like to disappear
Not for fun or
because It's amus
Just so people
Might miss m
— puppy

不知怎麼的，我老想不起來最後都是怎麼吃掉這個框框的，是不是後來有了更具體美味的中午便當壓過了吐司的感覺，
還是……吐司的命運走到了一個框框的時候，只剩下我跟它單獨的關係，
沒有了路上鄰家同學羨慕的眼神，沒有了我對女醫師的想像，一個活到第三節課只剩下框框的吐司麵包就失去記憶了。
但是，你如何不去覺得只有一片吐司麵包當零食吃的小孩是苦的呢？是因為它就非得歸類在美的記憶裡？
你可以覺得它是很可憐的，

就好像你可以覺得沒有麥拉倫開的男子是很可憐的，
青春記憶裡有關的美跟醜變得很不好定義。
如果我的父親能跟鄉裡的女醫師在一起曖昧，

哇！那能多美就有多美了。

是不是記憶青春的美與醜是自己定位的？

甚或它如果不能與其他的連結，那索性就不記得了。

倫敦廢人區

夜裡打翻的咖啡　結在地板像一灘血
只是想誠實的面對生命　無所謂絕望或傷悲

其實我很想就住在倫敦廢人區
其實我很想就住在倫敦廢人區

Chet Baker　你太囉嗦　給我閉嘴別惹人嫌
城裡孤獨的靈魂已太多　已太多　啦～

其實我很想就住在倫敦廢人區
其實我很想就住在倫敦廢人區

來生期望不屬於任何國籍和主義
搞不定是個龐克　但是打死也不說英語

天上的神你自己疑神疑鬼　已經兩千年沒露過臉
你他媽的　你要叫我相信誰

其實我很想就住在倫敦廢人區
其實我很想就走在倫敦廢人區

我離你們高貴的記憶實在有點距離
夜裡是否是否已太多已太多

夜裡苦澀的咖啡　但我的慾望卻從不安息
散步在秋涼的街心　也許殺了我的牙醫

像我這樣平凡的人　餓他們一兩年也沒什麼關係
但我住的倫敦廢人區　跟你要的貴族保持距離

其實我很想就住在倫敦廢人區
其實我很想就睡在倫敦廢人區

海明威說他在巴黎當記者的時候，世界正大戰著，物資非常的缺乏，他個窮記者每天都在煩惱著自己的三餐，
後來實在是連吃飯的錢都沒了的時候，經過一家麵包店，店裡的櫥窗剛擺上了幾塊出爐的麵包，
他掂掂自己的口袋發現，也只能乾望著櫥櫃發愣，想像……
他發誓那是他這輩子聞過最好聞的麵包香，後來再也不曾發生，
因為只有人在窮盡了，肚子才能催逼著你的感官去裂解那塊麵包裡味道成分的複雜，
尋常的日子裡，麵包也就是塊麵包而已，發出了點麵包該有的味道。
我跟海明威說：「那不好了，我一直都沒缺乏過什麼，那恐怕我也就一直漠然的看待眼前發生的事，想起來，一塊麵包就眞的
只是塊麵包，太厲害了，果然是大師，一塊麵包裡能有這麼多的啓示。」我衷心佩服了。

「那實在是沒有這樣殘酷的因素來敲開我的腦門的時候，該怎麼辦呢？」
那個時候我正跟他散步到皮卡迪利圓環的噴水池沿。
他選了一個明顯沒有人，又容易被注目的位置斜依著坐了下來，噴泉對面幾個瘦老黑賊頭賊眼的打量著我們這邊。
海明威很想讓人認出他來的樣子，可大概又覺得自己這樣大師級的人物小小露出點輕浮的虛榮都是不被允許的，
那個樣子尷尬得有點好笑。
海明威搔了搔他那一頭皎白的亂髮，那一天剛好也蓄了他那出名的大鬍子，嘴邊上那圈鬍渣子有點泛黃，
海明威威士忌喝太多了，有點超齡的老了，可又很挑嘴的只肯喝大西洋彼岸的南方波本威士忌，
走了很遠，逛了這一路過來的所有橡木桶酒莊都說這裡是倫敦，笑死人了才喝老美街友的威士忌。
你走去巴黎問問啊，巴黎人假正經，說不定就會有人愛，那個餓肚子麵包就很香的地方。

「阿威。」

為了表示我們都很有文學性的親暱，我都這樣叫他，
文學的親暱就是在提防那些不文學的假文青，盜取了我們的智識那樣。
每句話都只要講前面跟後面的三分之一就好，比如說我就不叫他海明威，
光叫威又不免被人想到同志，就朗朗親切的叫「阿威，阿威」，
說起來，也是他帶的頭，要來這裡之前他跟我聊到聶魯達，
說他見過他幾次，說他這個人有多矯情，說他有一次在古巴一個夜店裡差點扁他，
說他那天把店裡僅有的最後一杯毛喜多給搶了，說他是故意的，還跟他正熱戀著的芙烈達有一腿。

「我同意。」為了怕到最後忘記，我趕緊說。
「同意什麼？」海明威似乎也忘了他講去哪兒？
「噢！我是說他很矯情的那部分。」
「對，他是個矯情的傢伙，八成混血的拉丁印地安雜種都這樣。」我訝異了他跟阿達的仇恨有這麼凶。
「我看過《預知死亡紀事》那部電影，小說翻拍的。」能跟大師聊文學是多麼酷的事，我挺飄飄然的。
「阿星……」他那樣正經的叫我，我感到前所未有的文學性的親暱。
「那是……馬奎斯，如果我沒有記錯的話。」
有點糗，但沒關係，我也不是什麼大人物啊，阿威收回他那雙有點淺淺笑意的眼睛說：「這整個倫敦就是廢人區嘛！」
對沿幾個老黑神經質的盯過來。
「就他媽是個廢人區，裡面不都住著廢人。」他那南方腔的美語仗著有點肉的身形，還真有點威猛有力。
老黑冷眼的瞄了瞄又看往別處去。
「你他媽的有貨沒有？老杵在那！以為你自己是查爾斯王子嗎？查爾斯這個爛貨，你們英國人自己去跟他說，他就是個欠扁的媽寶……」
罵得好，挺帶勁的，可在人家皮卡迪利地鐵站門口，人來人往的，說不準那些是不是保皇黨，就怕起了衝突，
那幾個老黑肯定就不是，保皇黨是會有些細微的特徵的，具體的我也說不上來，
就跟搖滾樂到底是英國還是美國發源的那樣，扯多了嗓門就會變大。

一下午的在羅素廣場斜對角那家錄音室，就搞成了那樣。

Matrix外面看起來是個教堂，其實裡面是裝在老教堂建築裡的錄音室，說是還有點歷史，

那個叫Hash的老外錄音師是那麼說的。

「Hi, Hemingway, Will you like to enjoying?」

指著海明威坐住的音控台邊，故意挑釁的帶了點狐媚的眼神他噴了一口煙，滿屋子的麻味，不喝酒的人進來都要八分醉，

他欠了欠身子坐直了起來，OK型的手捏住一管紙菸作勢要遞給海明威。

起初還有點禮貌的海明威淡淡的回絕。

「No, thinks.」

「Come on, It's just a little bitter shit......」

大概是，哈囉！有事嗎？不過就是一管草那樣的意思，

跟他們混了幾天，過陣子我回我的城市的時候絕對過不了海關，

怎麼這老外拿了祖宗修理大清中國的招式來唬弄著自己了。

「Well, Star......」

該我了。因為我叫阿星，老外就管我叫Star。

我還以為這死老外儘管自己來，也不招呼一下我這遠來的客人的。

我裝著很巷子裡那樣台客的姿態，瀟灑的接了過來，
可老實說，我也沒真的挺喜歡這玩意兒的，是不至於傷身，甚至還覺得有點土炮，
我想像的搖滾樂，尤其是英國的，哪裡只是跟這攤開來像爆炸頭的東西給掛上了勾。
搖滾樂尤其是英國的，檔次應該是要更高一些，畢竟人家有了Queens、Beatles、Sting。
近一點？Super Furry Animals、Radio head，美國不就是麥可波頓。
啊，我最愛多毛動物了，最適合拿來做壞事的時候聽，那是我自己的境界，我才不管別人懂不懂吶。

「Don't forget the verve and oasis.」老外完全知道我在想什麼。
「你跟他說，我們有麥可傑克遜啊，近一點的也有Nirvana。」他把話題扔給我意思是要我幫他加碼，
老派的人確實不太懂流行跟搖滾這玩意兒，我一個外星球來的人，對於真實的搖滾定義實在是也有一點霧煞煞，怎麼好介入人家兩個兄大國的紛爭，
掐著接過來的那管草，橫著心一想為什麼那些老骨頭那麼愛瞎緊張，不就是一款冒煙的肌肉鬆弛劑嘛，
快快的來上一記可以離開這個兄弟鬥氣的現場。

「我想客氣是不用了，更何況老外這麼大方是少見的，都聽說了，這些能昇天的玩意兒在蠻荒時代，是用來交朋友的，就跟你跟一夥酒徒混，這不用那沾的，鐵定永遠進不了核心，聊天起來也壓根進入不了情況，交不上朋友的，他們管叫這東西、這行為就都屬於『儀式性』，也充滿儀式感。」

我太喜歡這造句了，就像科學家說「模組化」，藝術家說「抽離」，政客也不要臉的說「到位」。
都有他說了跟沒說但就保證有爽到，有點小學問那種感覺。
一屋子的人都在呼，那個叫Matrix的錄音棚簡直就是倫敦廢人區這兒拿來通達異次元的窗口，
天曉得開始起作用了沒？我聽著這幾天錄好的音樂，不禁確實有了飄飄然的感覺，
一下午的又是啤酒又是呼的，這英國人真愛喝啤酒，愛到靈魂裡去了，問他們吃飯卻就只要啤酒喝，每個人瘦得鬼樣，
也是。還真沒見過搞搖滾的是胖子，該有個社會心理學家來探討一下這些問題的，是不是搖滾樂跟啤酒瘦子可以有連結上的關係。
我是回不了神了，那下子也不曉得自己怎的走神到社會學的境地去，提醒一下我自己，我可是可以為音樂而死的人哪！

2o2o.11.15

「Will you die for music?」一下午的不錄音不啤酒不呼的時候，大夥人就儘是在拿這個話題爛咬舌頭。
「搖滾樂沒什麼大學問，充其量只是過多的精蟲上腦罷了。」
海明威那麼石破天驚的說，畢竟是拿過諾貝爾獎的，任誰也一下子掰不出什麼經典觀來回應他。
「搖滾就這樣啊，呼了點便宜貨，覺得自己踮起腳就已經搆到了天國的門檻，瞄見了幾個穿了白衣服身上長了毛的人就以為自己
是到了天堂，可以跟天使交上朋友了。」海明威說的真狠。
Hash對我使了一下眼色，我趕忙把掐在指尖的草卷兒作勢就要遞給海明威。
「酒徒不呼的，酒徒的層次就音樂層級的話來說，都已經搆上爵士樂了，何必還要回頭，大叔怕吵啊，搖滾樂儘是吵啊，能有什
麼內容？」我遞出去的手只能就懸在半空中，真希望手上那管草能變成橄欖枝。
我哪，年紀也就在一夥搖滾客跟海明威的中間，也剛剛懂了點爵士樂，
照阿威的說法，我這年紀還呼簡直就遜掉了。
況且，許是威士忌也喝多了，這些便宜貨爆炸頭，儘只叫我眼珠子覺得快要掉了出來，
肚子又莫名其妙的餓，剩的也儘就是呆坐在那，約莫過了幾十分鐘，也沒瞧見哪來的什麼異象或給了點什麼啟示。
有是有一種感覺，我覺得我像是莫名的被擺在Matrix這個全世界都想來朝拜的錄音室裡的石頭。
我……似乎有那種再也不想鳥爛這個世界的感覺，

我是一塊石頭而已。

但⋯⋯我是一塊偉大的石頭。

「You are stone.」Hash笑著搖了搖我。
「See, my friend know me!」呵呵我想,他是了解我的。
這種被了解的方式或感覺真奇妙哪!但其實我也不是很在乎,
因為我是一塊認真的不想再鳥爛這個世界的石頭。

「老黑，有沒有貨！」海明威跟噴水池邊的幾個傢伙吆喝著，老黑愛看不看就自個兒聊著，分明是有點戒心的在觀察我們倆，怎麼著又跑到皮卡迪利這噴泉池這兒來的，真的有點模糊，只約略記得跟著阿威的屁股後面一路在找波本威士忌，還非要美國南方的，我那本來覺得快要掉出來的眼珠子，現在好一些又被我按回去了，但就肚子還是有點餓，一下午的也沒真吃了什麼東西，盡學洋玩意喝了一肚子的啤酒，老外真的是啤酒當飯吃的，果真是這樣。

海明威還走了過去，跟幾個老黑交頭接耳的聊著，想起了他在錄音室要走的時候，要我跟住他，他說：「這是倫敦啊，倫敦就是個廢人區，你在廢人區裡要什麼沒有，咱們去聽爵士樂，你老兄年紀也可以了，別老是以為自己年輕又幼稚不前，啤酒跟爆炸頭就留給他們小朋友吧！」

扔了那個搖滾樂到底是美國還是英國起頭的爭執，和一屋子昏沉的菸草味，阿威要帶我去找爵士樂。

我在想大抵每個美妙的城市，甚至我都想稱許它是偉大的城市的，都真有他媽的某種自己的調調兒，倫敦就有不管它再怎樣廢就是有它廢的味道，當然就也有了廢的道理。

就說一個人吧，他就是成天想著耍廢，也沒什麼廢掉的條件，沒啥子文化，書不念，樣子也一般，最可悲的是也沒有什麼物質條件，也沒點錢，然後就要學耍廢，都說這樣很時髦，那大抵就真是個廢人了。

我慢慢覺得我住的那個城市就是那個樣，一日一日的老朽可完全沒有透過應該具有的層次階段，就跟我前面提的那人那樣，可倫敦廢得就挺有味道的，堆著爛掉的一堆書跟一堆鈔票味道肯定不會一樣。

這城市就在腐爛、重生、腐爛、重生裡掙扎，卻也沒有願意牢牢的死去，發出些工業革命後的煤渣，大轟炸後的硝煙，皇室、政客、資本家、投機主義者、博物館、木乃伊、病毒、哈草、可樂，千千萬萬種的味道的總和，這樣子才叫真他媽的廢得有道理，廢很甘心。

你想我的城市，就那麼笑掉人家大門牙的一百歲，沒有念書沒有文化沒有音樂，成天儘是些毫無時尚氣質可言的中老年大肚腩大爺當家，扒著你的耳朵跟眼球，餓了就叫些不知道從哪個廚房，讓些你八竿子也不會有什麼關係的飆風小爺們，逆著酸雨廢氣，心不甘情不願的給你送過來，爺們心不在焉的吃著吃著，我這城市這樣子不廢也瞎了，可惜的是廢得沒有些許文化氣氛，因為也不讀書，也不畫畫，更不提了音樂，我這城市一千年後被人從淡水河邊挖掘出來的時候，都還是爺們吃了太多的速食發出來的臭。

大抵就是你要在廢之前，先給自己填塞些有營養的東西，人也一樣的能在廢去之念前念點書聽點音樂，品評一點藝術什麼的，而不是像那些大肚腩爺們，每天假道學的，這不行，那不好的，在我那個城市裡，搞音樂寫文章都算不上是正經的職業，只有選舉廟會那些特殊點氣氛的時候，才會被拱出來那存在一下，我一個搞音樂的朋友可慘，都四十好幾了，還算有點小名堂，回鄉下老家還得哄騙老人家說自己是在電視台工作，因為隔壁家的爺爺叔叔在問，咱們家的誰怎麼偶爾會看見他在電視裡唱歌，而且儘唱些我們不太懂的東西，我想我那歌手朋友其實是無力去對鄉親解釋，他去城市裡搞音樂是什麼玩意兒？還搖滾哪！索性就說是你看的電視台裡的康樂隊就是了。

我跟阿威聊過這些，他笑笑！末了，沒什麼含意的說，有些人就黃皮膚、黑皮膚、白皮膚的不會一樣，骨子裡的東西是勉強不來的，我說，我們上學都有些音樂、美術、作文課的。

我只是怕我的城市廢了，發臭，卻沒有一丁點的文化跫音。

「這城市裡的爵士酒吧都有超過一百年的哪！就怪你自己長錯了地方，你沒有聽見錄音室那邊，走廊上打掃的大嬸嘴裡哼著Radio head的歌哪！」正說著時，一對牧師夫婦，牧師的西服跟領口結的白硬領圈你是知道的，挽著自己十七八歲的小孩經過我們面前，年青人身上臉上幾乎找不到地方可以再刺青畫圖打釘了，還留了一個龐克公雞頭，真想也在我的城市裡搞個這樣子穿堂過街。

可這對牧師夫婦喜孜孜的樣子，管你兒子念劍橋牛津，這就是搖滾，這就是真他媽的廢……

這個城市，層次是比別人高一些，我絕對同意阿威的想法，他這一路讓我知道了，真正的自由不是那種經過了別人的經驗的自由。於此，書本上的、老師的、模範生的、主義的，他們所言及的自由，可以稱之為「建議類自由」，我跟阿威說來訂個屬於個人人權的自由，你把全世界所有能讓人廢掉的誘因都擺在眼前，取用與否就是一種最原始的自由，取用多少是理解自己體質的自由，取用過後是不是再取用，是跟自己對話的自由，引誘是多麼令人動容的意識，每當超我跟原我在激烈的爭執之後，自我好像都會靠向原我那邊，這大致也就是現在這個世界的面貌就是了。所有的溝通都是儀式性的告訴自己不是野獸，沒那麼粗野，最終還是發出「哀的美敦書」開戰。人是多麼的想從誘惑中掙脫，以至於在初嘗了點自由的滋味之後就把自己先廢了，先廢了自己的人或許是比常人智慧些唷。

因為他們明白，誘惑應該是無止境的長路，當然，每個人也都有不想再走下去的自由，就稱它是最深沉的自由了。

然而，雖然分別的時候也沒有再問過阿威，但我相信他會同意的是，人們都應該有自己去面對誘惑的自由，人們也應該有權利拒絕別人經驗過的自由，人們也有最終的停止接受誘引的自由。

我的城市簡直毫無自由可言，因為我們早習慣於被洗選過的自由，就像超市架子上的洗選蛋顆顆晶潔亮白，我想起小時候從庄頭的柑仔店挑了買回家的蛋，蛋殼上老沾了些有的沒的雞屎、羽毛之類，應該這樣的，這才是真自由。

這時候我心裡突然有一種瞭然，無非就是真自由就像兩顆抓在手上的蛋那樣，一顆可愛一顆有屎，真正是在瞬息間悟淨了未來啊！真替自己高興，當時就想跟阿威說：「Hey man, why not just stop in here.」畢竟小弟也不是沒見過世面的。

有次去了東京找我朋友阿川，阿川諾貝爾獎拿得比較早，聽說他那個也挺有希望拿獎的學生三島，大概等太久了氣憤不過，藝術家都容易厭世特別是文學類的，一個念頭轉不過來就約了幾個徒眾，去占領了六本木的自衛隊司令部，這個事情鬧得挺大的，只是那三島去占領司令部的本意跟發出來的宣言什麼的，有點不清不楚或者說是議題太老了不夠新鮮，他犯的那個迷思，確實是搞藝術的人常犯的，藝術家常常自顧自的就圈了一個框架把自己溺在裡面，不知今夕已是何夕，偏偏又迷信執著這一套，連現在流行的是韓流還是日系都搞不清楚。

三島剛開始一鬧確實很吸睛，後來講了一些自己也沒有整理得很好的對白，群眾頓覺無趣的散去，三島這下子壞了，連搭個地鐵去澀谷買A片就怕要被人認出來，糗斃。

急火攻心，就在樓頂上切腹自殺了，真可惜呀，阿川說他當時還被叫去勸了他一下，可當時就有了那種文學性的親暱的感覺，感覺他的去意已堅，沒法子挽回的，可惜了，再忍一下諾貝爾獎就到手了，可憐了，藝術家根本就是外星人中的外星人，來自宇宙最深邃的邊緣，老說些人類永遠有聽沒有懂的瘋話。

那天阿川帶我在六本木轉了一圈，算是憑弔了三島，希望他回到自己的星球會快樂些，末了，阿川想喝點酒，就去了銀座，要我說倫敦，像可樂，紐約就很LSD，爆炸頭就留給阿姆斯特丹，以至於那些不怎麼入流的紅中、白板、搖頭丸呀，自以為搆得上國際城市這感覺的，就大家自己分一分吧！

至於我那個一直想擠身到國際名流的城市，喝點啤酒解嗨一下也就可以了，要學的可多著哪！別讓人家老大哥笑話了……

那天阿川就逗我了說：「那你覺得東京像什麼？」當時他賊賊的，就知道他話中有話。

「像蘑菇啊！」想都不用想就這麼說。

「那是挺抬舉的，對我們日本人來說。」日本人易感又容易緊張，難得的看他那麼輕鬆。

「當然啊！最天然的就留給東京了。」

很快的就在銀座一家叫Mushroom的便服店坐了下來，阿川要了一瓶余市，而且是已經絕版停產的那種，貴當然很貴，重點是有錢也買不到，只有阿川這種大人物人家才捨得給哪！那天晚上我們聊了很多，末了他說了些後來真沒料到的事情，說他自己年紀也不小了，該有的，該見識的都早就湊齊了，突然有點嫉妒三島能夠那麼率性的把自己給解決了。

算得上是厭世？當時我也沒這麼問，我說《伊豆的舞孃》裡那樣子形容小藝伎在林間走著的樣子真令人神往啊。

「那是年輕時候的作品，差不多已經就是人生在激情的分水嶺巔峰上，沒有可能再那樣去描述青春的美好了。」我想問他，那創作欲是幾時開始衰老的，是不是寫些會令自己害羞為難的東西就應該停了，但想想這些欲念與創作連結糾纏在一起的困擾未必人人都有，而且說破了也有些粗俗，就沒有再問。後來在報紙上看到他一個人冷靜的散步去工作室，把手上的事情理了理之後，沒有留下隻字片語的就回去他的星球了，我沒有一點點的悲傷，那天我在Mushroom的時候就有感覺了，那種無以名狀的巨大深沉的孤寂，是只有詩人才戴得住也戴得起的冠冕。

那晚在Mushroom，那個叫他Saru（猴子）的酒保，問我們要不要離開這個爛星球一下，Saru絕對不像我在倫敦見過的那些黑鬼藥頭模樣，日本人凡事都正經八百，連切腹自殺都充滿了儀式性，他說離開地球一下，就會讓你相信他話裡的成分不假，跟那種你也不知道到底熟不熟的朋友突然問你要不要呼一下，或要不要嗨一下，誠意大大不同。

就聽了阿川淡淡的說：「就來一些吧！」

「Tonight, for free.」Saru用很蹩腳的英文，賣弄了一下，大概是表現著他請我們上太空的態度是自由無羈的那樣，他把去外太空的票遞給我的時候，分明還覺得他有一種詭譎但是又不能不信任的笑容，這種笑容似乎在那裡見過。之後，想起來許是他穿著黑西服，像是去了一個什麼告別式，禮儀公司的服務員過來指示你下一個動作那樣。

我學阿川用余市威士忌將我的船票就吞了，有些事情我不會想跟你說得太仔細，就像我在之前說的，我厭惡別人給我經驗過的自由，我厭惡教條、教科書，我厭惡那些虛情假意的假道學，我最討厭你說了算，有時候我甚至厭煩了這樣三餐如一的餵食著我自己到底是在做什麼？我做了些什麼有價值的事，讓我一直餵養著我自己？

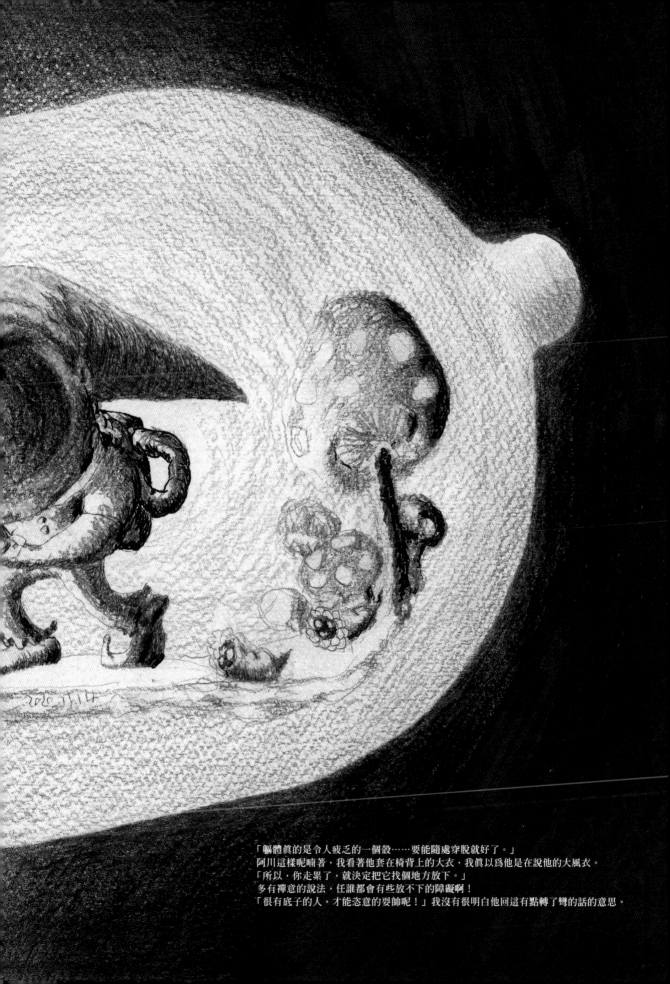

「軀體眞的是令人疲乏的一個殼……要能隨處穿脫就好了。」
阿川這樣呢喃著，我看著他套在椅背上的大衣，我眞以爲他是在說他的大風衣。
「所以，你走累了，就決定把它找個地方放下。」
多有禪意的說法，任誰都會有些放不下的障礙啊！
「很有底子的人，才能恣意的耍帥呢！」我沒有很明白他回這有點轉了彎的話的意思。

「像我這樣子年紀的人，怎好遇事都任性的說，媽的豁出去了，是還要有許多歲月的人才能那麼說的。」
想想我似乎也已經很久沒那麼率性的說話了。
「Star，你會想我嗎？如果有一天我不在了。」
矮油！怎麼在這個時候突然傷感起來了，當然會想啊，但說出來就很肉麻了，他可是我最景仰的作家哪！
「我最近老做一個夢，夢見我在工作室，工作室就書桌、紙筆、幾本書、一扇窗，突然驚覺我眼前的霎時間就要結束了，我很心疼也著急的要把眼前這一切放進心裡，有一個聲音告訴我，這是我可以決定的在世間的最後一眼……」我……在聽。
「是不是就這樣了，那麼多留戀的東西，如果是時候了，我不想讓人家來勉強的帶著我走，我要自己來決定留在我心底的最後一個印象，我不能把那個美麗的決定讓給別人。」
我感覺我看見阿川那樣說的，沒有錯，我看見阿川乾瘦有神的臉龐，用他超絕柔美的唇，字字句句的吐出那串話來，我看見了阿川的聲音，在這個神奇的廊間，我聽見Saru緩緩的走向我，看見他背後的燈氳氳在他的身上，像發出金光燦燦的千手佛，我聽見他在我的杯裡倒了些余市威士忌，幫我換了一顆新的冰塊球，我看見冰球在杯子裡發出了碎裂的聲音，我以為我瘋了，卻又沉溺在一種從未有過的恐慌的幸福裡。我感覺我的眼睛跟這屋子裡的光影在交談，我的耳朵清楚又溫暖的看著阿川在說話，有那麼霎時間，我確實離開了自己，我位移了的感官帶著我不知道散步去了哪，我多麼不想回來，可是我知道不可以這樣。

不是因為現實裡有許多我眷念著無法拋棄的東西。只是因為……就像阿川說的，
我不能忍受把自己能有的美麗的決定交在別人手中，我有決定我自己的自由，於是……我自由了。

沒多久，阿川就決定回去了自己的星球，我沒有去給他送別，誰要去送別他終於脫下來了的破大衣哪！我當然會天天都想到
他，但是那天在Mushroom店裡聽見光，看見了聲音之後，我當然也沒有在瞬息間悟淨了未來，但是我們都有一種了悟，要愛就
趁著人還在快去愛，知道這種在人離去之後的思念，對離去的人來說並沒有任何的意義，他回去了那麼遙遠的星球，你用光速
對著他喊我愛你，他聽見了也是一百億年之後的事了……

當我們離開了皮卡迪利在Blue Note坐定之後，台上的樂團剛演過中場，我是搞樂團的，這種東西用感覺的就知道，過中場之後團員跟團員間的契合會比較好些，自己也會興奮得分泌些腦內啡，不過鼓手那傢伙肯定嗑多了，鼓點不準，可卻又他媽的合理，我跟阿威說這傢伙屌，阿威很心不在焉的，盡想找空檔去廁所處理那皮卡迪利帶過來的小禮物，問我有沒有英鎊，我說好像只有歐元，他說沒看見過《猜火車》嗎？用英鎊捲才正統才氣派的，我翻了又翻找了一張一千元的新台幣遞給他，他展開看了看，八成也沒見過這麼土氣的錢，只是面額夠大有嚇到他，就同意湊合著去了廁所。

老實說，可樂比起蘑菇兒在我心中是比較沒有氣質了一點。畢竟它又那麼理所當然的有名，有名到路邊的小混混都跟它那麼熟，大凡一個玩意兒大家都普羅的喜歡，像排行榜第一名的流行歌那樣，就充滿了匠氣脂粉味，亂不帶勁的。

樂團倒是很沒得挑剔的，搞了幾個聽起來像Chet Baker的歌，還是我自己進入了Baker的境界了，一整晚阿威也就沒再說什麼話，很專注的聽台上樂團炫來炫去的賣弄些小技倆，管它叫自嗨。說真的，爵士樂這洋玩意兒，咱黑眼球黃皮膚的就是進不到骨子裡去，我一直在想阿川那晚上說的那些話，跟他後來悄然的走開，但也可能是樂團的音樂，讓我突然有種明天不知道在哪裡的感覺，我跟阿威說最近常有點害怕未來。

「是存在的焦慮。」阿威盯著台上的表演淡淡的說。
「那要怎麼樣才能不焦慮呢？」這種感覺一直纏住人遲早會要人命的。
「那不是人人都一樣的焦慮，你要真沒有了才叫慌吶。」
那是我跟阿威最後的對話。
當我慢慢的醒過來的時候，我已經在去米蘭的路上，沒有人在等我，四十歲生日那天，我買了些酒在米蘭大教堂廣場的階梯上跟幾個街友喝著，那時候我覺得我是那畫面的一部分，但又覺得我不是什麼的某一部分，我是沒有地圖的旅人。

Ces gens, Ces gens là

不完全部落

小狗妳別亂說　說妳要到一個遙遠的地方去旅行
倔強的眼神　虹彩斜倚的地方
是月光沒有暗淡　是狗臉上有蝴蝶　是爸爸陪著我盪鞦韆
椰林道上的離別　都寫在布丁色的部落格

(Monday) 我在赤道的熱浪裡知道妳離去的消息
(Tuesday) 我在想妳去了那麼遙遠的地方
(Wednesday) 要怎樣才能夠問到妳的消息
(Thursday) 不由自主的我生氣了起來
(Saturday) 熱帶的棕櫚樹在烈火的豔陽下低頭哭了起來
小狗的週末沒有星期天　沒有星期天

結果在星期天　對街的那家麵包店　他問我　孩子都跑哪兒去了
去可以說謊的地方　去時間停滯那　去用力暴飲暴食　去長了許多玩具的果園
七層肉片的彩虹堡　都寫在她布丁色的部落格

只是年輕歲月的旅行　總是不免要讓人家覺得有點擔心
但也許我們根本就不用太過憂慮　妳要去的地方一定是很美很美的
我想有一天　我們大家都會相約在那個地方的午夜　在北緯午夜的零度裡散步

小狗妳別亂說　說妳要到一個遙遠的地方去旅行
倔強的模樣都寫在妳布丁色的部落格
啦　啦　啦　啦
那樣的地方很美　Monday Tuesday Wednesday　每一天
散步在零度的午夜　每一天

We spoil and
indulge the one
we truly love -puppy

我偶爾會忘了我要去哪？
去往大馬柔佛州的夜車裡，演出剛結束，夜車的高速公路，冷氣在車窗上結了些霧氣，用手抹了抹，窗外黑壓壓的一路，
路有點遠，曉得的內地人早攬著頭枕睡去，我確實又忘了我要旅行到哪裡去……
有人說，人一生要死去兩次，先是嚥氣的時候，後來是全然的被人家忘記的時候。
對那些遠去旅行的人，尤其是年紀還是非常輕的，我始終有一種比死亡還要深沉的不解，
信了輪迴的人會勸你說，你最好把人給忘了，這樣子他才能沒牽掛的往下一世去，
可你們不是都說存在就是一種煎熬嗎？
下一世又如何了？能比得上這一生裡我對人苦苦的思念嗎？

我特別是在旅行的路上會想起小狗，
許是她的來了去了都沒有很確切的足跡，
不曉得我為何去跟人說，
她跟我初見面是在一個禮拜天的晚上。

聽說她是死於一種莫名的病毒還是重度的過敏，那時跟她走得較近的人，都接到了醫院諮詢的電話，大概是問說她跟我們是不是有吃了些什麼不清不楚的東西那樣。
有些日子確實是很混沌，也沒有把握在人生將走盡的時候信了一個強大的宗教，做一個人生罪惡總結的大告解，我們幾個男人都曉得醫院來的詢問，是在試探我們是不是用了些不好的東西。

小狗好像是不吃東西的，印象中儘是拿著沉重的FM2專心的在幫我們拍些做紀錄的照片。
我忘了小狗幾歲走的，二十三、四的樣子吧，剛剛從紐約念書回來，就是個禮拜天的晚上，專輯的小企畫小色帶過來的，幾年了，我也忘了，就不理信輪迴的人那樣說，讓她去了來生還有牽絆那樣的偶爾還是會想起她。有些人，初見面時，你就會覺得他是見過認得的，或就有了毫無設防的親切，像你可能會有但沒有的女兒那樣，當然這種我們只能說那建基在「緣」上面的情感，會更加深了分別時的痛楚。
小狗去旅行了，小企畫小色也去了北京久久未見，聽說也有了小孩。小狗如果還在，或者我們當時都覺得如果那些天我們不知怎麼的就轉了個彎，去了一個原本沒想去的地方，小狗是不是也帶了小孩來見我。
有時候，你很難不覺得人生不就是一場夢，或僅只是驛站，就是會有些早早離開的人，帶給你很多愁緒。

小狗留了些狠狠的句子在她的本子裡。

有時候，我很喜歡消失了的自己，
不是因為這樣子很好玩，
而是會看見某些人對自己的思念。

Don't you
love farce?
But, no-one
is there.

你就不免會認同了這分明是一個早先就設計好了的程式，這個程式裡不能沒有你這個數字。
即便你是信了輪迴，讓我們就妥協了相信這一切不都是大霹靂的時候就決定好了。
就是個程式吧，小狗設計的程式，我們是這個城市裡的幾個數字，我也設計了一個自己也分辨不明的程式，當然你也是，我們
就是函數裡面的程式，這個開始令人有點厭惡的城市就是一個絕大的設計，而我是這裡無法歸零的某一個數碼。
小狗的冊子裡留了一些至今我也沒想透的迷茫。

她在小時候給爸爸的道歉留言這樣寫著：

爸爸我不知道我有沒有說ㄏㄨㄤˇ，我當初是這樣的，我說數學97分，後來想想，不對。
應是92分以下，但我忘了成績，所以我說92分以下，你說我有沒有說ㄏㄨㄤˇ？
附注，我都看不到黑ㄅㄢ的字，帶我去ㄐㄧㄢ查。

即便我們都不是什麼鑑識專家或心理學大師，該當都會同意小狗應該就是在那天學壞的，
或是說長大了社會化，絞進大人這個複雜的圈。
她先丟了一個眼睛的問題讓爸爸心疼而分心。
然後再來要面對的是，我忘了分數，那就92分以下，你就說，我有沒有說謊？

你覺得呢？小狗有沒有說謊，

冊子裡也留了爸爸給小狗的回信：「關於數學分數的事，妳是很明顯的說謊了，妳說忘了這是妳在欺騙妳自己……」
並且引了聖經的句子：「親愛的弟兄啊，我們的心若不責備我們，就可以向上帝坦然無懼了。」（約翰一書‧三‧21）
最終還有處罰等著小狗。
我認為小狗並沒有說謊，顯然人對謊的定義是無法準確的，謊在生命裡充滿了曼妙無比的生機。
從伊甸裡那對奸人聽了蛇的話，吃了那顆毒蘋果開始，謊就跟病毒一樣的瀰漫這個世間了，小狗只是這麼誠實的說出了她忘了分數的這個事實。
橫亙在眼前的所見所聞都總結了「我愛你到明天」就是一個天大的謊言了，更別提那句人們老掛在嘴邊的「我會愛你到永遠」，明天都不知道能不能到來哪！情感或許只是你身上藏住了我無法破解的程式，生命是很折磨人的不是嗎？任憑誰都可以在任何時間地點說出這麼令人難以辯駁的話來。
你信不信當初小狗的爸爸沒有那樣糾正她，會不會一切就都不一樣了。
謊是一個圓球的某一個角度，沒有一個角度能夠看得見全面，你真認為這個城市是誠實建築的嗎？情歌百分之百都是假的，它跟美味的肉湯一樣，都無法擺到明天而不變質。

Occasionally my eyes
will sparkle
with the reflection of
a million stars in
the sky.
What a wonderful
feeling it is.
                    - puppy

我喜歡小狗留在冊子裡的另一句話：
好像悲傷比較有存在感，快樂都像一場夢一樣。

於是偶爾，我也會忘了我要去哪兒。
謊言也無法去追覓了。
小狗後來也跟爸爸去旅行，再也不回來了。
這對父女很不誠實的設計了一套糾結在一起的程式，這裡面有你有我。
扔了一個有數學分數的議題，當我還陷在問題的迷思裡的時候，他們一起離開驛站去旅行了。
小狗留下的小短文，讓我知道了，最終她還是沒說成謊。

輕輕抓起腰兩側的裙襬
在鞋子後面拖著的是在草地上的棉紗
我的裙下有一件破舊的牛仔褲
它說它沒有名字
我帶著它跑在草地上
鞋子跟它成了好朋友
而其他的一切只是過客
我的青春太可笑
因為我太可笑

偶爾……
我的眼睛仍會閃亮一下
像看見一百萬顆星星掛在天空的那種燦爛
那種感覺
一直都是美好的存在著

老嬉皮

走在異鄉午夜陌生的街道　你低著頭微笑著說
百老匯街不懂遊子的心情　不如歸去　多年以後
你要尋找最美的天空　只是那裡是候鳥的去向
藏在心底的情歌不斷的翻唱　忘了臉上堆滿了風霜

迷途的候鳥啊不忍呼喚　我很堅強
Don't wanna go home　New York city's just not my home town
只是那裡是遊子的去向　藏在心底的情歌不斷的翻唱
走在西風中掩住了臉龐　走在異鄉午夜陌生的街道
I want a hug　I wanna go home

訝異你說走了半生的路程　卻夢想醉臥在包厘街頭
然而幼稚的我應該明瞭你　只想吃口道地的炒河粉

走在異鄉午夜陌生的街道　I want a hug
I wanna go home

新店溪這頭迎著山勢，河在這山沿下轉了兩個大彎，風一向就有點急，特別又是在這樣的季節，

都說人把地球都搞糊塗了，
氣候在這些年，著實產生了明顯又強烈的變化，連來了幾個颱風，現在連季節都不好分辨了，要不特冷的天要不就熱死人，
沒有了季節什麼都易怒又瘋狂，
就說這山上的植被雜草什麼的，長得異常的跟人一樣高，迎著溪谷底下竄起的疾風像失心瘋的醉漢狂人搖頭擺腦的，
草叢裡驚起幾隻鳥兒發了點哭哨的嘆息，跌跌撞撞的狂奔飛逝，
風一陣子又一陣的，你就要以為前頭的颱風根本沒有離去，就一直在海峽上打圈迴旋，
這絕對不是一個詩人的季節，這也就不會是屬於任何人的季節。

詩人需要沉寂,

詩人不愛被打擾,

詩人有很多的回憶需要一些諒解一些傾洩,

特別是像老嬉皮這樣的詩人,
在這樣吹颳著凜風的季節,跑到這疾風勁草的荒山野地裡感覺是很不適宜的。

「二十年沒來了，感覺連對面這座山的樣子都不太一樣了。」

「大概是對面山頭蓋的那一排屋子的關係吧。」

「真有這麼多人，非得要住到這山顛上死人窩子裡。」聽起來有點怨懟的，折騰了一下午好不容易轉到這漫天茅廬的荒山野地裡，任誰脾氣該當都不會太好。

「要不要去找管理處什麼的，去問一問？」

「都上了這兒來了，再說也就是帶點兒睹氣的，才要憑著記憶過來找找，這墳能跑了嗎？除非有人多事去搬了它。」

「台北還有什麼親人嗎？」我想，也不是沒有可能，經常是放在荒山野地裡漸感淒涼，不就都把它給移到塔裡，把地讓出來給後來上山的人。

「哪裡還有什麼親人，就我這個老么，兄弟姐妹早就都走光了，兒子孫子輩全都在海外，誰會記得台北還有個爺爺奶奶葬在新店溪這山顛上。」聽他用海外來形容這種邊際的感覺頗有點意思的，老派的旅人好像就沒太分明的國界，台北大概也就是從大陸要到海外的一個跳板，老嬉皮就常說他也老搞不清楚自己是哪一國的，說是後來去了紐約，在聯合國大樓裡找了一個文書的工作，久了就開始用起了聯合國護照，是一本永遠都不會卡關的護照，旅行了上百個國家，把個眼界都弄糊塗了，我說我去過的不就有北京城的祖國，再來就是有雙子星大廈的紐約了。

那趟紐約行也只能說是意料之中的意外，我慢慢想起跟老嬉皮的相識之初。

「那是多久前的事了？你第一次去紐約。」摳摳腦門想了又想。

「應該最少也有個二十五年了吧！不知道該怎麼算？」真的也是不知道該怎麼算。他老先生今年也該有八十了，他找了塊墳上的泥地用手撫了撫坐了下來，斜著眼拿著我瞧。

「這也太久了吧，這幾年我回來了多少次，你卻連再去過一趟紐約都沒有？」我正想辯說，台北這兒可是你的祖國，你回來也是天經地義的事啊！可又想想你跟一個八十歲的老外省人講祖國，也未免太把人區隔化了，他可是拿了聯合國護照的人哪！

「這也應該是我最後一趟回來了，年紀大了，沒辦法再那樣長途飛行了。」是那樣子吧，一趟紐約起起落落的怕不折騰個一兩天，年輕人都受不了，八十歲老人家是不行了。

「最後一趟了，所以得來跟我的老人家，我的父親母親道別，下一次再見就會是在天上團圓了。」老嬉皮轉過頭去，看不清楚他說這話的情緒，我突然有點想問他，然後他老人家這墳就擱在這荒山野地裡再也不會有人來打理了嗎？想想，原來這滿坑滿谷的老墳、新墳，莫不都是走了親屬的，去問這個不免有點故意要惹人傷感的問題簡直就是找碴。

「可我們都還沒找到？」我是說，老嬉皮說隱約就記得這個方位，但畢竟好些年沒來失了準頭，只能等著老爺爺老奶奶藏在齊人高的茅廬裡了。

「不急，不急，我坐下來感應一下。」老嬉皮笑了笑，我也覺得安心了些，就當做是被抓來郊遊健行的好了，更何況是陪著老朋友來尋親這麼有意義的事。

「我要再任性一點，就陪著你回紐約去，這一趟……」我突然有了這樣的念頭。

「人都那樣啊，走不開，放不下，千千萬萬個藉口。」老嬉皮說的頗是。

「也許只是不想轉彎，連轉個彎都懶。」

「那你說說上一趟，怎麼的就會想跑到紐約去？」

「大家都說遲早得去一下那樣！」

「呵！呵！有意思，你怎麼沒想過巴塔哥尼亞、火地島都非得去一下呢？」

「有點遠。」想了想那可是南美洲的盡頭，確實有點遠。

「兩萬年前，南美印地安人的祖先早就用走的去了，壯遊！移動的人的基因庫是不太一樣的。」我猜我自己的基因庫裡，恐怕比較少革命或叛逆的因子。

「記得去找你時，剛開了門，你夫人劈頭就說，他戒酒了！我聽了一愣一愣的，我沒到過你家也分明沒見過夫人，還以為紐約人都是這樣打招呼的。」

「紐約人確實有些特質，我們那代的紐約人不說自己是美國人而是紐約客，我那個女人紐約待久了，也沒什麼朋友，就是朋友長年在海外好像彼此都有點戒心，我就說妳打算要把我所有的朋友都趕跑了，自然的沒了伴就不喝酒了。」

「那後來真的不喝了嗎？」看起來也不像是他的風格。
「後來就忘了這事了！」是這樣吧，年紀大了很多習慣自然就要變化，再嚴重一點的，索性把自己都給忘了。
時間是有一點了，但永遠不會忘記，在紐約見面那一回，老嬉皮領我進門後繞過客廳進了書房，屋子雖然挨著大街卻也不覺得吵雜，書房有扇大大的落地窗，朝西方向的，因為可以看見穿過兩棟高聳的雙子星大廈的夕陽……
老嬉皮抓賊似的帶了些淺淺的笑容掩上了門，挪了書架邊的小梯凳，他的藏書真不是蓋的，這書房比外面的客廳要大上三兩倍，滿滿四面齊簷的藏書，不輸一個小型的圖書館。嘴上還嘟噥著：「這放到哪裡去了？」原以為他挪了小梯是要拿什麼獻寶的，沒想翻了翻，卻翻出了一瓶老牌的格蘭威士忌。心照不宣的倒了兩杯，純的，冰塊什麼的也就省了。突然覺得這些藏書恐怕都是假的，每一本書的後面可能都藏了一瓶跟書有點連結關係的酒。
哈德遜河的夕陽很美，那是一個秋冬之間的好天氣，夫人也貼心的沒再來理會，不記得我們聊了些什麼，只記得他交代著夫人說晚餐就不在家吃了，因為要帶我去百老匯街看跳脫衣舞。
沒兩下子的就幹掉了一瓶威士忌，酒意肯定是上來了，心想老小子這麼不正經，來了紐約還玩這些土砲遊戲。想我鄉下迎神賽廟的野台子戲，最後大比拚的不都是這些玩意，可後來定神又想了想，金絲貓倒真沒見過。那一下午都聊了些什麼？也或許什麼都沒聊，畢竟兩個人的年紀背景差異都不小，又是沒早告知人家的突然就跑來了。再想起來的時候差不多已經在蘇活區附近了，紐約我當然不熟，可老嬉皮逢人就打招呼，連路邊的老黑街友都能聊上幾句，我說：「你朋友啊？」他說他來紐約還有個夢想，就是無謂的像個街友一樣醉臥在包厘街頭，又解釋了一下包厘街、百老匯街差不多一個意思，是華人移民先來後到愛怎麼叫就怎麼叫了，說著說著就借了老黑街友的一塊硬紙板想靠街沿就要躺下來。老嬉皮說，硬紙板是要錢的，你要躺下的地方是他先占到，也得要租的。我聽了都要動了火氣，可老嬉皮不慍不火的竟然跟老黑議價起來。
老黑說：「就看你高興給多少了？」老嬉皮翻了翻皮夾子，卻只留了一百塊，說是待會兒要吃炒河粉，剩的也不知道有多少就全給了老黑。
老黑喜孜孜的給了我們兩張半身子大小的硬紙板，老嬉皮整了整衣服就挨著牆邊躺了下來，街對沿飄過來了一陣薩克斯風的樂聲。一個病懨懨的傢伙正吹著Billy joel的〈piano man〉，多麼美妙的一首歌啊，想到他唱的There's an old man sittin' next to me, Makin' love to his tonic and gin. 我真的可以一輩子就賴在這塊硬紙板上，現在有點懂得老嬉皮為什麼老說真希望醉臥包厘街頭了，大概就是這裡來來往往的人都服膺於一種氛圍，一種我可以就在這裡死去，你也必須尊重我的氛圍，一種冷漠但是自由的氛圍。街上來來往往的人都有自己的心事有著自己的路程，大城市的人都冷漠，也都有了無視於彼此的距離，距離也給出了自由。
那是個秋冬之間的好天氣，哈德遜河颳來了些許涼風，而包厘街那頭是飄著陣陣炒河粉香的中國城，城裡承載著無名又無窮的思鄉和希望。很不相關的這時候卻有點感覺，如果我必須客死異鄉，要是能選擇，那我就要追隨著老嬉皮死在包厘街這個角落的街邊……
大概是酒意有點退了，老嬉皮滾了滾的坐了起來，靠著牆跟著老黑欣賞著過往的人們。

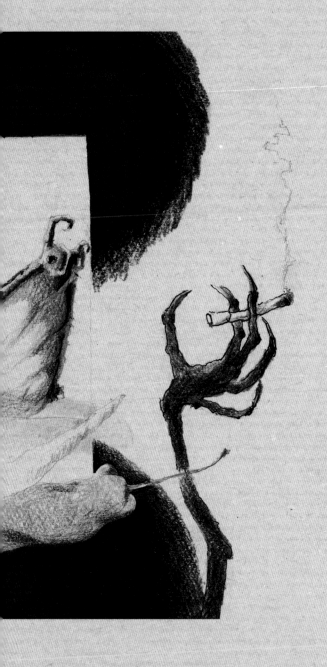

「What you gonna do?」老黑看我閒閒的突然問起我。

「What? Pardon me?」實在是太沒頭沒尾的完全沒能接話。

「What can you do when you miss someone?」

這下有點懂了。只是這該要怎麼回答呢？並且老黑先是問的「你要怎麼做？」再問的是「你能怎麼做？」這應該也會是很不同的兩個答案，更何況你想念一個人的時候，還有什麼能做的呢？不就是呼吸跟想念而已了嗎？

老黑沒有要饒過我的樣子，兩隻縱酒過度的大眼睛紅通通的盯著我要答案，看起來不隨便編一個也不行了。

「Run, runaway.」不知怎的也就那樣想了。

「Where can you go, when you miss someone.」老黑有點口齒不清，估計也就是那樣的意思了。這對話惹得坐起來點了一根菸抽的老嬉皮呵呵笑了起來。

「我就說包厘街紐約這邊的街友肯定都是落難的哲人科學家。這個城市連死在街頭的人都不准閉著，死去都還帶著一個問號！」

我在想，老嬉皮這不就是在說著他自己嗎？跟他初認識是在香港何文田山路上一個朋友家的聚會，記得很清楚是因為一屋子顯然都是做生意的，聊的事情不中聽，老嬉皮就拉了我坐在一起，給倒了一杯不摻水不加冰塊的威士忌，記得是綠色三角瓶子裝的那種，而且還得要十二年版，老了都不行，說是威士忌非得要年輕點的才夠嗆，老了就溫吞不帶勁了，沒想過了這麼些年，今天下午從書架藏書堆裡神秘兮兮撈出來的還是這三角瓶。老嬉皮還真是數十年了都不轉性。跟他年紀差了有二十歲上下吧！自己老土沒見過什麼世面，也知道他大概七○年代就來了紐約，老實的紐約客了。

大陸來的、台北來的、風光的、落難的，誰都愛來找他，估計他招待人的方式應該也就那樣喝個一瓶酒，想去看脫衣舞，走走又忘了，然後拖著朋友試著跟老黑朋友一樣醉臥在包厘街頭，鬧夠了肚子餓了就到唐人街上去吃炒河粉。

知道他就是那個樣子，好像想多了解他多一點也沒什麼意義。也許是大家都明白在他鄉相遇也就可以了，不必要相知，你缺了錢他肯定也不能借你，你多煩他兩天，他應該也就會不見了。

日子久了，那天在唐人街吃了炒河粉之後怎麼分別的也忘了，我以為像這樣的人，應該是沒有祖籍可以追尋的，沒想到多年以後再回來，怎麼會有一個在新店溪山坡上尋親的故事。

山坡上那些雨霧散去了一些，露出了點陽光晒起來有點慵懶。老嘻皮看起來眞是老了，八十好多了卻永遠不變的穿著黑色的康維士長筒黑布鞋，跟我們記憶中從來沒改過牌名的直筒蘋果牌牛仔褲，偶爾會在領子上結一條小共青團那樣子的紅領巾，因爲是那個樣子，大家都想知道海峽兩邊，他會選哪一邊站。

多年來從來也沒能問得出他的政治傾向，總說他大半輩子都在逃難，從北京逃到台北，台北又逃到紐約，有一陣子又逃回了北京，現在年紀大了，也不曉得該逃去哪了？他們那一代的人眞的很辛苦，無端捲入了兩幫子人的混戰，弄得選邊站也不是，不選邊站也不是，一場混戰搞死了幾千萬人，搞了三輩子的人，搞得每個人都覺得自己是活錯了時代的旅人。

「是不是該到山下的服務中心去問問？」

在想他老先生山上這樣子上上下下的折騰，老半天的也想不起來自己的父母親躲到哪兒去了，也不是辦法。

「不用問了，找不著就找不著，來過心意已足了，就不會有什麼遺憾了。」他摸著自己的小包包，想抽菸的樣子。

「所以，眞不再回來了。」他並也沒有眞的跟自己說過，想來也不是誰該關心的事。

「逃亡，也是會有個終點的。」不曉得他話裡的意思，意思是這終點究竟是心理上的還是實質上停住的終點。人終其一生都在尋找些什麼吧？只是這樣一個通俗的答案從一個浪跡全世界大半生的旅人的嘴裡說出來，不免令人覺得有點省事了。旅人應該在自己的壯遊之後辦一個風光的告別式的，豈是可以在這個糜爛的多日午後漠漠的就說出口。

人們究竟都在追尋什麼呢？我突然回想起另一個告別的日子。

「這趟我就不送你們到機場了。」北京西單新街口的羊肉鋪子裡，零下的涮羊肉攤，屋子裡熱氣蒸騰的。
「你有事就去辦，我自己還可以。」
「也不是，這怎麼說呢？」虎子搔著他的頸脖子顯得有點吃力的。
「不懂？」跟北方人說話通常不需要拐圈子。
「就我每次到機場送完你們，我得一個人搭著公交車回城，這段路就特難受，感覺像失戀了一樣，感覺是送了一些你愛著的人或者愛著的事件，出了一個鬼門關那樣，也不曉得你們幾時還能不能回來，想像你們的世界差異上了我的世界，你們出了海關肯定就把我給忘了，而我得一個人搭了老遠的公交車回來，就這段路上特難受挺煎熬的。」

算回去已經是三十年前的北京，都說北京現代化了，可我老喜歡說北京是長大了，
長大的過程都一樣的，東學學西學學，當然這過程裡好的學了，壞的也不能免，
多老的一個城市，站在長安大街的震撼自然是不能免，然而肩負這些變化震撼的一樣是小小的一個個人。

我的朋友虎子已經三十年沒有再見過，
一如他當初在西單的新街口說的那樣，我們都在彼此的記憶中留下許多情，

分別經常是那樣的苦楚，
分別讓每個人顯得非常笨拙毫無智慧。
分別不能像相聚時那樣的歡愉嗎？

三十年前的北京，約莫是老嬉皮從紐約看著台北那般吧？
而估計像虎子那樣當時在北京的精英，應該都早已成功發達了，偶爾也會有些彼此的訊息，

然而出發去探訪彼此好嗎？

可能我們這樣的人就不愛再去回憶什麼了吧？不妨走一條溝渠悄悄的死去了。
百花深處裡多的是無主的遊魂，也許存在就只是存在而已，根本就沒有任何的意義，
存在需要什麼意義呢？最終還是這樣抽象的畫面，
一個遠來的紐約客，在一個糜爛的多日裡，翻過一階高過一階的墳地小徑，滿山遍野的尋找自己遺失的父母親，
而這樣的畫面牽動著一個台客的思緒，憶起三十年前百花深處裡的告別之夜，

那晚北京飄落著是年的第一場雪。

至於紐約那晚老黑街友的問題：
「你能逃到哪兒去，如果你還依戀著思念著某個人，你能逃到哪兒去呢？」
應該沒有人能夠幫助我給出答案來，你要如何變成一個不思念的人呢？
不相逢嗎？不相識嗎？還是我們哪一個美麗的秋天再相識？

有一天我也要躲進這滿山遍野的茅草叢裡，變成別人遺失的親人，
帶著屬於我自己的記憶，我的記憶裡有別人，而別人的記憶裡也有一部分的我。

「我怎麼會忘記把自己的父母葬在哪兒了呢？」
他點了根菸裊裊的燒著，卻也是不吸，他說他把菸是戒了，
酒倒是不戒，菸也是儀式性的偶爾拿出來想想事情。
「會不會是葬在北京？我自己都忘了。」他沒有開玩笑的樣子。
「那葬在這邊的是誰呢？」他問自己。
那年我在從紐約南返的長途航班上依稀見過了迷濛的極光，以為是天明了。
我很想念我的台北，我很想念每一個我在乎的人，除了時光我不曾在日子裡遺失了什麼。

「That night that you planned to go clear. Did you ever go clear?」
腦子裡閃過了這樣的歌詞。
Did you ever go clear? Did you ever go clear?
我這樣問自己。
Did you ever? Did you ever?

如果可以，我想把這段歌詞寄給醉臥在包厘街頭的老黑。

If I die in seven avenue I shall take "A" train to heaven.
Meet some friends in Harlem bridge. And sleeping well in the wood.
Don't you cry 當我不再回來
我想我到不了天堂　像我這樣的凡人
在夜車裡無人問
I got to lay down, I got to lay down
像我們這樣的凡人　像我們這樣的凡人

Sincerely. Bobby,C

I just want a hose
with no tears.

國家圖書館出版品預行編目資料

別哭，切諾比 / 陳昇著. -- 初版. -- 臺北市：圓神出版社有限公司, 2021.11
80面；19×26公分. --（陳昇作品集；6）

ISBN 978-986-133-797-5（精裝）

863.57   110015613

Eurasian Publishing Group
圓神出版事業機構
用 心 閱 讀 ‧ 放 野 嬉 讀 實 驗

圓神出版社
Eurasian Press

www.booklife.com.tw   reader@mail.eurasian.com.tw

陳昇作品集 006

別哭，切諾比

作　　者／陳　昇
發 行 人／簡志忠
出 版 者／圓神出版社有限公司
地　　址／臺北市南京東路四段50號6樓之1
電　　話／（02）2579-6600‧2579-8800‧2570-3939
傳　　真／（02）2579-0338‧2577-3220‧2570-3636
總 編 輯／陳秋月
主　　編／賴真真
責任編輯／吳靜怡
校　　對／吳靜怡‧林振宏
美術編輯／金益健
行銷企畫／陳禹伶‧林雅雯
印務統籌／劉鳳剛‧高榮祥
監　　印／高榮祥
排　　版／莊寶鈴
經 銷 商／叩應股份有限公司
郵撥帳號／18707239
法律顧問／圓神出版事業機構法律顧問　蕭雄淋律師
印　　刷／國碩印前科技股份有限公司
2021年11月　初版